Kate DiCamillo

Mercy Watson

va de paseo

Ilustraciones de Chris Van Dusen

Traducido por Marcela Brovelli

LECTORUM
PUBLICATIONS, INC.
LYNDHURST, NEW JERSEY

Library of Congress Cataloging-in-Publication Data

Names: DiCamillo, Kate, author. | Van Dusen, Chris, illustrator. | Brovelli,
Marcela, translator. Title: Mercy Watson va de paseo / Kate DiCamillo ;
ilustraciones de Chris Van Dusen ; traducido por Marcela Brovelli. Other
titles: Mercy Watson goes for a ride. Spanish Description: Spanish edition. |
Lyndhurst, NJ : Lectorum Publications, Inc., [2019] | Series: Mercy Watson;
[book 2] | Originally published in English: Cambridge, MA : Candlewick
Press, 2006 under the title, Mercy Watson goes for a ride. Summary: Mr.
Watson's usual Saturday drive in his Cadillac with his favorite pig, Mercy, turns
into an adventure when an unexpecepassenger shows up in the back seat and
Mercy finds herself behind the wheel. Identifiers: LCCN 2019029615 | ISBN
9781632457332 (paperback) Subjects: CYAC: Pigs--Fiction. | Automobile
driving--Fiction. | Humorous stories. | Spanish language materials.
Classification: LCC PZ73 .D538 2019 | DDC [Fic]--dc23 LC record available
at https://lccn.loc.gov/2019029615

For information regarding permission, write to Lectorum Publications, Inc.,

205 Chubb Avenue, Lyndhurst, NJ 07071

ISBN 978-1-63245-733-2

Printed in Malaysia

10 9 8 7 6 5 4 3 2 1

Para Henry, una auténtica amenaza al volante.

K. D.

Para mis cuatro hermanos, con quienes tanto viajamos, amontonados en la parte de atrás de la camioneta familiar.

C. V.

Capítulo

1

El Sr. y la Sra. Watson tienen una cerda llamada Mercy.

Todos los sábados, la Sra. Watson prepara un almuerzo especial.

—Hora de nuestro modesto menú —dice ella.

—Sra. Watson, usted se supera día a día —dice el Sr. Watson.

—¡Oink! —dice Mercy.

Cada sábado, después de almorzar,
el Sr. Watson sale de su casa.

Mercy siempre lo acompaña.

Ambos se paran en la salida del garaje
a admirar el convertible del Sr. Watson.

—¿Estás lista? —pregunta el Sr. Watson.

—¡Oink! —contesta Mercy.

El Sr. Watson abre la puerta del pasajero.

Mercy sube al carro.

Ella se sienta al volante.

Y contenta lo olfatea.

Capítulo
2

—Je, je, je —dice el Sr. Watson,
cada sábado—. Cariño, tú eres
una maravilla porcina. Pero ni las
maravillas porcinas pueden manejar
carros.

El Sr. Watson, con suavidad, intenta
mover a Mercy hacia el asiento del
pasajero.

Pero ella no se mueve.

Mercy no quiere sentarse en el asiento del pasajero.

Mercy Watson quiere manejar.

—Je, je, je —dice el Sr. Watson.

La empuja una vez más.

—Córrete, cariño…

Mercy no se mueve.

—grita el Sr. Watson.

Y cada sábado, la Sra. Watson sale de la casa.

—Cariño —dice la Sra. Watson—, si dejas que el Sr. Watson maneje, te haré más tostadas calientes con mantequilla. Las tendré listas para cuando regresen.

Mercy pone mirada pícara.

Ella adora las tostadas calientes con mantequilla.

Y le encanta repetir.

Muy lentamente, Mercy se desliza al asiento del pasajero.

—¡Qué primor! —dice la Sra. Watson, aplaudiendo—. ¡Eres muy obediente, cariño!

—Sí —dice el Sr. Watson—, así es.

Él se sienta frente al volante.

Enciende el motor.

Y el convertible de los Watson ruge con fuerza.

Capítulo

3

—¡Bon voyage!

—les dice la Sra. Watson—. ¡*Bon voyage*, queridos! Cuando vuelvan comeremos tostadas calientes con mantequilla.

—¡Adiós, Sra. Watson! —grita el Sr. Watson.

Retrocede rápido para salir a la calle.

No mira hacia atrás.

El Sr. Watson es un hombre con visión de futuro. Sólo cree en mirar hacia adelante.

—Oink —dice Mercy, que ya empieza
a divertirse.

—Nos vamos —dice el Sr. Watson—.
¡La aventura nos espera!

Capítulo
4

Eugenia y Beba Lincoln viven al lado de la casa de los Watson.

Todos los sábados, observan al Sr. Watson y a Mercy cuando salen en el carro.

Eugenia siempre se molesta.

—El Sr. Watson maneja muy mal —dice—. Es una amenaza al volante.

—Sí, hermana —dice Beba.

—Además —dice Eugenia—, opino que, de ningún modo, se debe llevar a pasear a un cerdo en carro. Y mucho menos a esa *cerda*. Es muy traviesa. No confío en ella.

—No, hermana —dice Beba.

Y se queda mirando la calle.

Pero el carro ya no está.

El Sr. Watson y Mercy se han ido.

—¡Qué disparate! —dice Eugenia Lincoln, apretando el puño—. ¡Insisto, es una locura!

—Sí, hermana —dice Beba.

Pero Beba Lincoln tiene una opinión secreta. Ella piensa que una pequeña locura no puede hacerle mal a nadie.

Capítulo
5

Un sábado, la Sra. Watson preparó uno de sus almuerzos especiales.

Después de comer, el Sr. Watson y Mercy salieron de la casa.

Ese día, en Deckawoo Drive, se siguió la rutina normal de todos los sábados.

—¡Qué disparate! —dijo Eugenia
Lincoln, como siempre—. ¡Qué tontería!

Hizo una pausa.

Eugenia se quedó esperando a que Beba dijera: "Sí, hermana".

Pero Beba no dijo nada.

Beba no dijo nada, porque Beba no estaba allí.

Capítulo
6

El oficial Tomilello estaba en su carro de policía.

Y vio pasar a un convertible de color rosa, a gran velocidad.

—¿Eso era un cerdo? —se preguntó.

—Sí, lo era —se respondió—. Sin duda, era un cerdo.

—¿Es ilegal llevar a pasear a un cerdo?
—se preguntó el oficial Tomilello.

—Creo que no —se respondió.

—Es inusual —continuó—, pero eso
no es lo mismo que ilegal. Sin embargo,
lo que sí es ilegal es ir a alta velocidad.
Y ese vehículo, definitivamente, iba
demasiado rápido.

El oficial Tomilello encendió la luz
intermitente. Y salió a la carretera.

Empezó a seguir al carro que llevaba
a un cerdo.

Capítulo
7

En aquel convertible, la cerda se divertía mucho.

El viento le hacía cosquillas en las orejas.

El sol le acariciaba el hocico.

A pesar de que Mercy no iba al volante, se sentía feliz.

Y el Sr. Watson también.

—No hay nada mejor que manejar
a alta velocidad para despejar la mente
—gritó él—. ¿No es así, querida?

—Oink —dijo Mercy.

—Es *maravilloso* ir a toda velocidad —dijo una voz, desde el asiento de atrás.

—¿Quién dijo eso? —preguntó el Sr. Watson.

—Yo —dijo Beba Lincoln.

El Sr. Watson miró por encima del hombro.

—Hola, Sr. Watson —dijo Beba.

—¡Oink! —dijo Mercy.

—Hola, Mercy —dijo Beba.

—¿Qué hace usted aquí? —gritó el Sr. Watson.

—Quería un poco de aventura —dijo Beba —. Me di el gusto de hacer una locura.

—¿Locura? —dijo el Sr. Watson.

Mercy puso cara de pícara.

El Sr. Watson apartó la vista de la carretera para mirar a Beba.

Mercy vio su oportunidad.

Juntó fuerzas.

Y pegó un salto.

—¡Socorro! —gritó el Sr. Watson—.
¡Ayúdenme!

—¡*Síííí*! —dijo Beba Lincoln—.
¡Qué aventura! ¡Qué diversión! ¡Qué
locura!

—¡Por favor, Mercy! —dijo el Sr.
Watson—. ¡Bájate!

Trató de empujar a Mercy con
ambas manos.

Sin embargo, ella no se movió.

Puso las pezuñas sobre el volante.

Estaba en el asiento del conductor.

Y su intención era quedarse allí.

Capítulo
8

Mientras tanto, en la avenida Deckawoo, Eugenia Lincoln estaba buscando a Beba.

Miró en el cuarto de Beba.

Y no estaba allí.

Miró en el patio.

Y no estaba allí, tampoco.

—¡BEBA! —gritó Eugenia—.
¿Dónde te has metido?

Pero Beba no aparecía.

—¿Dónde estará? —dijo Eugenia—.
¿Y por qué tengo la impresión de que
esto tiene que ver con esa *cerda*?

Eugenia se dirigió a la casa
de los Watson.

Y tocó el timbre.

—Sra. Watson —dijo Eugenia—, no puedo encontrar a Beba.

—¡Por Dios! —dijo la Sra. Watson.

—Yo creo que su cerda es la responsable —dijo Eugenia.

—¿Mercy? —dijo la Sra. Watson.

—Sí —dijo Eugenia—, así es.

—Pero ella no está —dijo la Sra. Watson—. Se fue a su paseo de los sábados con el Sr. Watson.

Eugenia se dio vuelta y miró la carretera.

—¡Qué disparate! —dijo.

—Santo Cielo —dijo la Sra. Watson—. Usted no estará pensando…

—Sí, estoy pensando —dijo Eugenia—. Por eso estoy preocupada, porque yo pienso. Y parece que por aquí soy la única que lo hace.

Capítulo
9

El oficial Tomilello tuvo que acelerar para alcanzar al convertible.

Tuvo que acelerar sin miedo.

—¿Ese vehículo va en zigzag? —se preguntó el oficial Tomilello.

—Sí, así es —se respondió—. Definitivamente, está moviéndose en zigzag.

—¿Ese conductor está violando la ley? —se preguntó.

—Sí, sin duda. Está violando la
ley. Es hora de entrar en acción —se
respondió.

El oficial Tomilello se puso a la par
del convertible y gritó por el megáfono:

¡DETÉNGASE!

El conductor giró la cabeza.

El conductor miró al oficial.

—¡Oink! —dijo.

—¿Un cerdo… al volante? —se preguntó el Oficial Tomilello.

—Sí —se respondió—. Definitivamente, es un cerdo al volante.

Una vez más, el oficial Tomilello gritó por su megáfono…

—Él tiene toda la razón —dijo el Sr. Watson—. Los cerdos no pueden manejar carros. Yo quisiera detenerme, pero ya no siento las piernas. Por lo tanto, no puedo pisar los pedales. O sea, que no puedo frenar.

—Oh, cielos —dijo Beba —, creo que estamos en problemas.

Capítulo
10

Mientras tanto, en la avenida
Deckawoo, la Sra. Watson invitó a
Eugenia a entrar.

—No tiene sentido que uno
se preocupe a solas —dijo la Sra.
Watson—. Entre y ayúdeme a preparar
la merienda para mis amores.

La Sra. Watson llevó a Eugenia a la
cocina.

—¿Me ayudaría a ponerle mantequilla a las tostadas? —preguntó la Sra. Watson.

—¿Tostadas? —gruñó Eugenia—. ¿A quién le importan las tostadas?

—Tranquilícese —dijo la Sra. Watson, con la mano en la espalda de Eugenia—. Si Beba está con el Sr. Watson, no hay de qué preocuparse. El Sr. Watson es un excelente conductor.

—Él es una *amenaza* —dijo Eugenia.

—¿Cómo dijo? —preguntó la Sra. Watson.

—Nada... —dijo Eugenia.

Y agarró una tostada.

Le puso muy poca mantequilla.

—Oh, cielos —exclamó la Sra.
Watson—. Tiene que ponerle más.
A Mercy le gustan con mucha
mantequilla.

—¿Y a quién le importa cómo le gustan las tostadas a un cerdo? —dijo Eugenia.

—Bueno, bueno —dijo la Sra. Watson—. Sé que está muy preocupada, pero todo saldrá bien. Beba regresará pronto. Mientras tanto, ¿por qué no nos concentramos en nuestra tarea?

—Esto no se soluciona con tostadas —gruñó Eugenia.

Pero puso mantequilla a otra tostada.

Capítulo
11

—¡ES UNA ORDEN! ¡DETÉNGASE! —gritó el oficial Tomilello.

—Pero no puedo hacerlo —dijo el Sr. Watson.

—¡OINK! ¡OINK! —dijo Mercy emocionada.

—Tengo una idea, Sr. Watson —dijo Beba Lincoln—. Si me dice cuál es el freno, yo lo presionaré.

—El freno…—dijo el Sr. Watson debajo de Mercy —. Está a la izquierda del acelerador, es el que yo *no* puedo pisar…

Beba se soltó el cinturón de seguridad.

Se pasó al asiento delantero.

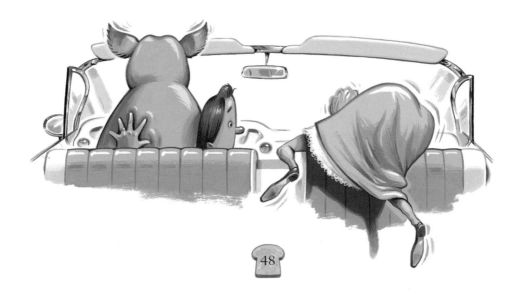

Se abrochó el cinturón de seguridad.

Se acercó al Sr. Watson todo lo que pudo.

Luego, miró hacia abajo.

Vio el pie del Sr. Watson.

Vio el pedal de al lado.

—Encontré el pedal del freno, Sr. Watson —anunció Beba.

—Excelente —dijo él —. Ahora, píselo con fuerza.

Beba se estiró todo lo que pudo.

—¡Voy a frenar, Sr. Watson! —gritó Beba—. ¡Cuidado! ¡Agárrense fuerte!

Capítulo
12

El carro rechinó con fuerza.

El carro se sacudió.

El carro se quedó sobre dos ruedas.

El carro por poco se vuelca.

Y, finalmente, el carro se detuvo.

Mercy puso cara de asombro.

De repente, no estaba al volante.

Ya ni siquiera estaba *en* el carro.

Mercy volaba por el aire.

El Sr. Watson tenía puesto su cinturón de seguridad.

Por eso no salió despedido del carro.

Beba también tenía puesto su cinturón.

Por eso no salió despedida del carro.

El oficial Tomilello estaba a salvo, sentado en su carro de policía.

Él tampoco salió despedido del carro.

La única que voló por el aire fue Mercy.

—Oh, cielos —dijo Beba.

—Es una emergencia —gritó el Sr. Watson—. ¡Llame a los bomberos!

—¿Ese cerdo llevaba puesto el cinturón de seguridad? —preguntó el oficial Tomilello.

—No— se contestó—. Ese cerdo seguro no llevaba puesto el cinturón de seguridad.

—¿Aquí se ha violado la ley? —preguntó el oficial—. Seguro que sí... definitivamente, la ley ha sido violada.

El Sr. Watson, Beba Lincoln y el oficial Tomilello vieron a Mercy volar.

Y la vieron aterrizar.

El Sr. Watson se bajó del carro.

Corrió hacia Mercy.

La agarró entre los brazos y la estrechó con fuerza.

—Mi querida, mi cariño —dijo él—. Por favor, dime que estás bien.

—¿Oink? —dijo Mercy, husmeándole el cuello al Sr. Watson.

—¡Hurra! —dijo Beba —. ¡Mercy está bien!

—Oh, gracias, gracias, gracias —dijo el Sr. Watson, besando las orejas de Mercy.

—Tú eres un milagro, un prodigio, un amor —dijo el Sr. Watson—. Eres una maravilla porcina. Pero eso no quiere decir que puedas manejar. En realidad, a las maravillas como tú *nunca* se les debe permitir conducir. *Jamás*.

Mercy suspiró.

Se alegraba de que el paseo hubiera terminado.

Se sentía un poco mareada.

Y aturdida.

Tenía muchas ganas de volver a su casa.

Capítulo

13

Eugenia Lincoln y la Sra. Watson
estaban en el porche de la casa de los
Watson.

Vieron que en la puerta se detenía
un carro de policía.

El Sr. Watson, Mercy y Beba
Lincoln estaban en el asiento trasero.

—Justo lo que sospechaba —dijo Eugenia—. Dije que era un disparate, una locura. Y esa *cerda* está metida en esto.

—Oh —dijo la Sra. Watson—, ¡queridos míos, mis amores!

Y corrió hasta el carro de policía.

—Estoy tan contenta de que estén aquí —dijo la Sra. Watson—. Las tostadas ya empezaban a enfriarse.

El Sr. Watson y Beba Lincoln se bajaron del carro.

—Hemos tenido una gran aventura, Sra. Watson —dijo el Sr. Watson.

—Sí —dijo Beba—. Fue toda una
aventura, hermana.

—Qué disparate —dijo Eugenia
Lincoln.

—Sí, un disparate muy divertido
—repitió Beba Lincoln, alegremente.

—Violaron la ley —dijo el oficial
Tomilello.

—Tú, *cerda* —gritó Eugenia.

—¿Perdón? —dijo el oficial Tomilello.

—Esa cerda tiene la culpa de todo
—dijo Eugenia, señalando a Mercy.

Mercy se bajó del carro, con el hocico apuntando hacia arriba.

Olfateó el aire.

¿Era lo que ella pensaba?

Sí, era cierto.

¡Había tostadas!

Y con mucha, mucha mantequilla.

Nada podía ser mejor.

Capítulo
14

—Han violado la ley —dijo el oficial Tomilello—. Tendré que multarlos.

—Oficial, ¿le gustan las tostadas? —preguntó la Sra. Watson.

—¿Tostadas? —dijo el oficial Tomilello—. ¿Si me gustan? Sí, claro... ¿Por qué?

—¿Por qué no entra con nosotros y come algunas? —dijo la Sra. Watson.

—¿Por qué no entro a comer tostadas? —preguntó el oficial Tomilello.

—La verdad es que *no* puedo decir que no —dijo el oficial Tomilello.

—Excelente —dijo la Sra. Watson, aplaudiendo—. Venga por aquí.

—Qué tontería —gruñó Eugenia Lincoln—. Esto no se arregla con tostadas.

—No, hermana —contestó Beba Lincoln—. Pero qué olor más delicioso… ¿no?

Y agarró a Eugenia de la mano.

—Bueno —dijo Eugenia—. Una *experta* untó las tostadas con mantequilla.

Y así, ese sábado, el oficial Tomilello, Eugenia Lincoln, Beba Lincoln, el Sr. y la Sra. Watson y Mercy Watson se sentaron a la mesa y comieron tostadas calientes con mantequilla.

¿Y Mercy repitió la porción?

Así fue.

El oficial Tomilello también repitió.

Kate DiCamillo, autora reconocida en todo el mundo, ha escrito numerosos libros, entre ellos: *Despereaux* y *Flora y Ulises*, ambos ganadores de la Medalla Newbery. También es la creadora de los seis cuentos acerca de Mercy Watson y de Tales from Deckawoo Drive, una serie inspirada en los vecinos de Mercy. Palabras de la autora acerca de *Mercy Watson va de paseo*: "Hace mucho tiempo, Luke Bailey, el mejor amigo de mi hijo, puso un cerdo de felpa en un auto de juguete y mientras lo empujaba, gritaba sin parar: '¡Miren, miren, un cerdo que va de paseo!' Sus palabras, repetidas con tanto volumen e intensidad, quedaron fijas en mi mente. Lo que en este momento tienen en sus manos es el producto directo de la obsesión de Luke y mía, una década después. ¡Mira, Luke, un cerdo sale de paseo!". Kate DiCamillo vive en Minnesota.

Chris Van Dusen es el autor e ilustrador de *The Circus Ship*, *King Hugo's Huge Ego*, *Hattie & Hudson* y *Randy Riley's Really Big Hit*. También ilustró *President Taft Is Stuck in the Bath*, de Mac Barnett, los seis volúmenes de Mercy Watson y la serie sobre los vecinos de Mercy, Tales from Deckawoo Drive. Palabras del ilustrador acerca de *Mercy Watson va de paseo*: "Tengo cuatro hermanos, ¡ninguna hermana!, así que los carros estuvieron muy presentes en una gran parte de mi niñez. De esta manera, cuando leí esta alocada historia de carros, no veía la hora de poner manos a la obra. Para crear el carro de los Watson, tomé el modelo del Cadillac Convertible del año 1959 porque amo los carros antiguos con aletas, mucho cromo y con estilo. También, fue grandioso ver a estos personajes otra vez. ¡Nos hemos hecho grandes amigos!". Chris Van Dusen vive en Maine.

No te pierdas los seis libros de MERCY WATSON

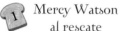 Mercy Watson
al rescate

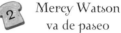 Mercy Watson
va de paseo

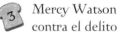 Mercy Watson
contra el delito

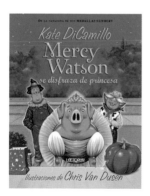

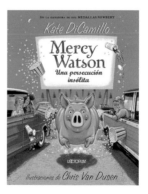

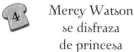 Mercy Watson
se disfraza
de princesa

Mercy Watson
piensa como cerda

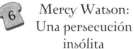 Mercy Watson:
Una persecución
insólita